KB134596

아무것도
　　　아닌 것들의

이 도서의 국립중앙도서관 출판예정도서목록(CIP)은 서지정보유통지원시스템 홈페이지 (http://seoji.nl.go.kr)와 국가자료종합목록시스템(http://www.nl.go.kr/kolisnet)에서 이용하실 수 있습니다. (CIP제어번호 : CIP2020024803)

아무것도
아닌 것들의

최
영
효
시
조
집

고요아침

서시
/

하루에

한 알씩 먹는 약

나는 아직도 너를 꿈꾸고 있다

2020년 여름

최영효

차례

/

제2부 기적아 돌아와 다오 한의 달이 뜨는 강에

제4부 사람이 이길 거라고 볼드모트가 그러는데요

제1부

그런 나무 그런 사람

생존의 법칙

늦가을 다람쥐가 잘 익은 도토리를 골라

한 번에 다 먹지 않고 덤불 밑에 숨겨둔다

먹어야 겨울을 나지, 아껴뒀다 어디다 쓸까

긴 겨울 그보다 더 해 긴 봄을 넘어서면

묻어 둔 작은 것에서 눈이 나고 나무가 되어

새끼가 그 가지 타고 온 산에 또 새끼를 치게

신갈나무 도토리나 떡갈나무 도토리도

멧돼지가 먹으면 멧돼지가 주인인데

가을에 다 먹지 않고 해 넘기는 겨울 다람쥐

붉은머리오목눈이

외딴집 단칸방에 정붙이들 살고 있네
미혼모 오목눈이가 뻐꾸기를 기르고 사네
소문이 꼬리를 물고
사미니 새끼라 하네

피붙이가 버린 것을 살붙이가 알을 품어
제 새끼 내친 놈을 모성으로 거두고 있네
철새도 텃새가 되어
다둥이와 함께 사네

생면목 부리로 캐는 치사랑 내리사랑을
자연은 어머니라서 생명의 둥지라 하네
사랑엔 모반이 없네
사람의 땅 말고는

저 여자

엄마만 살아있고 여자는 벌써 죽었다

연골이 다 닳은 나목

벼락 맞은 옹이 몇 개

새벽을

끌고 갔다가

신발에 끌려온 여자

느티나무

    동구 밖 느티나무 발뿌리 깊게 서 있다 그냥 서만 있지 않고 보고 들어 알고 있다 낱낱이 다 적어 놓고 외고 있다 울고 있다 울다 흘린 눈물로 서쪽으로 가지 뻗고 울다 그친 눈시울 북쪽으로 아물어 서 있다 혼자 서 있다 외로울수록 깊게 서 있다

    동구 밖 느티나무 웃자라 키가 크다 그냥 키만 크지 않고 귀도 크고 눈도 커서 손끝이 하늘에 닿아 이름을 부르고 있다 이름들 어디 갔나 얼굴들 어디 갔나 내 살점 내 피붙이 하나도 보이지 않고 천둥만 벼락만 맞은 무녀리 짐승이 되어

진달래

봄 오면 진달래 피리
횃불 든 손 흔들리

비탈진 응달마다 뜨거운 불씨가 일어

진달래 누리에 피리
함께 피어 일어서리

벨벳은 체코에, 오렌지는 우크라이나에
재스민은 튀니지에, 튤립은 키르기스스탄에

피어서 얼싸안으리
이 겨울 지나가리니

불복산*

잘 했다 참 잘했다 백 번 천 번 용케도 참아
용눈이오름 포효 들릴까 몇 날 몇 밤 가슴 쏠던
머저리 팔불출 같은 내 가슴을 아느냐

사백리 해안을 쓸어 싹쓸이하란 말 듣고
용두암 파도가 들숨 날숨 몰아쉴 때
눈 감고 쓸고만 싶던 키 큰 천치를 모르리

덕구대장 숨 거두었단 마지막 소식 들었을 때
더 이상 참을 수 없어 딱 한 번 울려 했지만
너와 나 우리 모두가 이 땅의 자식 아니냐

살아서 거둔 하늘 죽어 다시 산목숨들아
가파도 마라도까지 우리 피붙이 아니냐
천만 번 가슴만 치던 우리 참 잘도 참았다

* 불복산 : 제주 4 · 3때 부른 한라산의 다른 이름.

18

돼지갈비

화덕 위 연탄불에 양념갈비가 익어갈 때

희망퇴직 첫 잔부터 딸꾹질이 시작된다

오래된 외상값 갚듯 위하여를 나누며

고추장 양념 속에 육즙이 스며들 시간

조선사 구조조정이 끝나기도 아직 전인데

명퇴금 웃돈에 얹혀 첫 패를 덥석 물었다

마지막 잔을 들면 굳은 악수로 헤어진다만

다음 만날 약속을 누구도 하지 못한 채

철판 위 뻘거숭이들 엎치락뒤치락 살고 있다

우금치

　새 왕초 조병갑이 고부로 가던 길에 황토재 주막에서
하룻밤 머물던 날

　황소는 산채로 두고 생간만 서리해 간다

　황토재 저 우공들 숫접한 눈을 본다 주인을 끌고 와서
논밭 가는 소경을 본다

　노을 녘 집으로 들 때 샛길 들까 앞장선 고삐

　오는 길 허기져도 쇠비름으로 달래며 주인 먹는 고구
마순 눈길 피해 앞서가며

　쇠골을 갖다 바쳐도 쓸개만은 어림없다고

내 사랑 민주씨에게

당신을 처음 본 건 노형리의 밤이었지요 그 때 난 밤을 지키는 고양이의 눈을 봤지요 세상의 문이 닫히는 화염을 포착하던 눈 그 후로 대학로에서 다시 본 제비꽃 당신 우리는 눈이 마주쳐 사랑을 읽었다지만 웃음도 한 방울 없이 구호와 함께 떠났지요 사랑을 약속한 건 금남로의 짧은 한 순간 우리 다 목숨이 되자 처절히 주검이 되자 당신은 노래가 되어 들찔레로 피었지요 우리 비록 헤어져도 실망하지 않아요 내 사랑 민주씨가 자살이든 타살이든 당신이 부른 노래가 끝이 아닌 시작이니까요

자라나는 뼈

두개골에서 쭉 훑어 경추까지 내려가면 산등성이 척추에서 요추계곡에 이르면서

오늘을 곧추세우고 가다귀를 이끌었다

나를 키운 부동의 뼈와 슬개골 아래 가동의 뼈들 어리석고 무능하고 간사하지 못해서

유골이 되기 전 어서, 바로 서고 곧게 서라고

강골이란 옛날을 탓하지 않는 지리산의 뼈 성년이 다 지도록 멈추지 않고 자라는 뼈

반골은 입이 아니라 뼈가 서서 뼈를 키우는 뼈

우리나라에서 대표적인 두 개의 욕에 관한 수사

이곳에 쓰레기 버리는 놈은 개새끼다
원룸 앞 전봇대에 부릅뜬 플래카드의 눈
꽁초를 내던진 순간 늙은 개새끼다, 나는

씨발놈은 욕이 아니란 속언은 명언이다
그것이 생명선인데 아직도 가능하다니
속언과 명언의 경계 이승과 저승이구나

앞서가는 손수레에 경적이 뱉는 추임새
비켜라 개새끼야, 빨리 가자 씨팔놈아
여직껏 씨를 심다니 묘비명에 새기리라

씨조지 매미란 놈 땡볕 한철 18번 타령
풀보지* 어디 있느냐 씨조지 여기 있다며
니 마음 나만 안다는 저 명창 저 절창을

* 이원규의 시 「쓰르라미」에서 차용.

AC

씹으면 씹을수록 씹는 맛이 있어서
천천히 어금니로 아그작 깨물지만
끝내긴 짧아야 하고 다반사는 금물이야

애프터 서비스는 두문자가 다르고
에이스도 아니고 아싸도 아니라니까
목줄에 피가 설 때는 허공에 지르는 비명

비리고 신물나는 배반의 이 하룻날
외로이 홀로 된 밤 독작보다 효과가 있지
에라잇 씨부럴 세상, 방아쇠를 당길까보다

불립문자

해인사 일주문 앞 우람한 은행나무
귀동냥 뜬소문은 홍류동 찬물에 씻고
해인의 길을 걷는다
천년 너머 만년의 길을

산문에 들지 못한 한뎃잠 오백 년 생목
그 가지 층층이에 대대로 둥지를 쳐서
밑동은 길짐승 주고 우듬지엔 날짐승 길러

맹동에서 인동 건너 삼동이 풀릴 때까지
살아갈 길을 찾아
죽지 않고 살기 위해
허공에 가지 뻗으며 아파서 살아간다

퍼스트 무버

다 익은 무화과가 땅바닥에 뛰어내렸다
뉴턴은 이것을 만유인력이라 부르지만
전사는 생존을 위한 마지막 병기라 했다

사는 게 무엇이오?
죽는 게 사는 거지요
생존이 불가능하면?
몸을 던질 수밖에요
지옥의 그 날을 위해 오른손은 남겨두시오

먼저 익은 무화과가 몸 던지는 나무 아래
중근에게 권총을 쥐어 준 세묘노비치는
죄 없는 죄인의 강에 길 없는 물길을 낸다

사람은 무엇을 위해 목숨을 바치는가
누군가 죽어야 사는 하얼빈의 시월 그날
죽음만 같지 못하면 죽을 밖에 길이 없어

개와 달

미친개, 달을 보고 한밤 내 컹컹댄다 내가 뭘 잘못했
나 저만큼 뜬 달 멈칫 섰다 동네 개 삼이웃 불러 품앗이
합창을 한다 미친개에 물리면 미치거나 죽는다는데 미
친개는 미친개를 먼저 알아 물지 않고 미친놈 미친놈끼
리 난투극을 벌이고 있다 물리고 물어뜯고 등 돌리고 사
는 일쯤 먼 옛날 옛적도 아닌 요즘 사는 일이라서 내가
뭘, 또 잘못했나, 서둘러 도망가는 달

우리 동네 블루스

　내 집 앞 맞은편에 동양장 월셋집 있다 주정꾼 실직
노병들 달세 20에 발이 묶여
　올봄엔 덩굴장미도 필까 말까 생각 중이다

　우리 동네 윤보살은 사주 명리 준봉으로 당락 진급에
정통하고 짝짓기 명도라지만
　제 남편 주색잡기는 잡힐 듯 말 듯 오리무중

　함부로 까불지 마라 나 홀로 조폭 사신다 동네방네 휘
젓는 잔챙이 주먹 계신다
　좁쌀도 낯짝이 있지 전깃줄에 참새나 쫓는

　동네 한 바퀴 제일 명물은 7080 나이트다 어스름 찾아
들면 밤의 프린스 올백 머리에
　백바지 두 날 세우고 삐까뻔쩍 제비 납신다

시|詩

62에 후배들과 천왕봉에 겨우 올라
하산길 법계사에서 벌써 60으로 내려 찍고
아 이게 비약이구나
무릎을 탁 쳤는데,

날마다 고수레하며
갈팡질팡 시를 썼더니
검은 머리 날이 갈수록 허옇게 늘어나도
모르지,
남들이 나를
쉰남은이라 그러는 까닭

발톱을 깎으며

발톱을 깍아준다 내 것 아닌 아내의 발톱
햇수로는 큰딸보다 한 해가 더 오래다
못 생긴 아메바 같고 땀내 저린 발가락들
이 작업 하나로 분탕도 용서 받고
이 작은 노동으로 바람기도 죄를 사한
창업엔 탁견이 있어 성공한 롤모델이다
낯선 얼굴 오건 말건 사위야 오면 올수록
아내는 발을 디밀고 낯뜨겁지 않은 우리
경륜은 사십 년 넘는 청정심으로 이루어진다
죄 있는 자 죄 없는 자에 머리 숙여 사죄하는
죄 없는 자 죄 있는 자를 무량으로 사면하는
페디가 큐어를 만나 운우지락 밤새 젖겠다

그늘에 관한 변주

　나무는 실눈을 감고 뿌리를 먼저 내린다 캄캄한 어둠 속에 애오라지 흙을 붙들고 땅 위로 오르기 위해 안간힘을 깨문다 나무는 키가 크기 전 어깨를 펴지 않고 허공에 솟지만 않고 열 손을 다 뻗친 후 열매를 품기 위해서 다옥한 잎을 펼친다 나는 놈 드는 놈들 날개를 깃들이고 까치밥 한 톨까지 배고픈 놈 챙기다가 낮달도 불러 앉혀서 쉬어가라 이른다 이제 곧 헐벗고 겨울 빈자리 홀로 설 나무는 겨울나무는 다리 하나 우두커니로 나무는 울지 않는다 그런 나무 그런 사람

제2부

기적아 돌아와 다오 한의 달이 뜨는 강에

가는 비 발자국 소리

늦가을 듣는 빗소리 내게로 오는 발자국 소리 뒤꿈치
곧추세워 발끝으로 오는 소리
오는 비 발자국 소리 네가 내게 스미는 소리

내 발끝 외진 곳마다 살그미 적시다가 후두득 뛰어와
서 뒤꿈치에 매달리며
쉽게는 안기지 못해 앞 강에 물 드는 소리

저물녘 마당 끝에 인사 없이 듣는 빗소리 말없이 손
내밀면 가다가 앞섶 훔치며
가는 비 발자국 소리 들숨 짧게 보채는 소리

바르게 살자

어느 도시 아파트 입구, 시골길 언덕 위에
바윗돌 고딕 글씨가 내 가슴을 훔쳐본다
낮밤을 흔들림 없이 굳센 말씀
"바르게 살자"

곧게만 살다가 맹추 같단 욕을 먹고
바르게 살려다가 남 먼저 목을 잘리고
더 이상 잘릴 것 없어 게걸음을 걷는 사람

내 언제 남을 속이고 어디서 뭘 훔쳤나
바르게 살지 않은 걸 네놈이 보고 있었나
큰물에 죽지 못해도
떠내려 가지는 말자

행복 플라자

이곳은 미래를 위한 꿈의 성채랍니다
홀몸에 맨손으로 적수성가를 원하십니까
불황의 골이 깊을 때 꼭 한번 들르세요
구원용 선물이지만 짜가는 아닙니다
부동산을 사고파는 거간꾼도 아니고요
담보나 조건부 없이 소유권을 이양합니다
전세나 월세로도 입주할 수 있냐구요
학력이나 성차별 없이 무한대로 제공하지만
아무리 많이 먹어도 체하지는 않습니다
군침을 돌게 하는 그게 뭔지 궁금하다구요
영업상 비밀이라 공개할 수 없습니다만
스스로 가꾸지 않으면 어느 뉘도 훅, 갑니다

구인시대

19세 이상 누구든 유경험 우대 초보도 가능
퇴직금 4대 보험 신축 단독 원룸 제공
기본급 이백오십에
무지개 수당 α도 있음

통장이 텅텅 비어 텅장이라 부르지만
집에서 먹는 혼밥 밖에선 컵밥이 있어
알바에 투잡을 뛰는 신종 노마드족이 산다

교차로 광고지가 비에 젖어 뒹구는 밤
사람 위에 사람 많고
사람 아래 사람 없어
구하는 사람은 많고 구하는 직업은 없다

한 강

아리수 뒤 강물이 미사리 앞 강물 민다

밤섬 억새밭에 비오리가 새끼를 품고

서울엔 날이날마다 천만 개의 달이 뜬다

와르르 무너졌다 다시 선 성수대교가 있고

죽으려다 돌아서 입술 깨문 양화대교도 있고

갈 때는 서강대교가 올 때는 견자교犬子橋가 되는

어제도 실직자 하나 난간에서 뛰어내려도

모래톱에 쌓인 약속 별보다 더 빛나는데

기적아 돌아와다오, 한의 달이 뜨는 강에

담대한 희망

미산령을 통째로 사려 삼 년째 발품을 판다
백두대간 열셋 형제 막내쯤 될 듯도 한
첩첩산 허리둘레에 멧돼지가 새끼 치는 곳
한 달에 서너 번 짬을 내서 찾는 까닭은
머루 다래 먼저 따려는 수줍은 욕사니 너머
나보다 한 박자 빠른 부동산업자를 살펴서다
맨 처음 나를 꼬드긴 구절초 연심이나
참나리 도라지꽃 바짓가랑이 붙든다만
저 노을 뻐꾸기 울음도 약정서에 단서를 달자
벌써부터 개미들은 지하방 문의가 들고
후투새 딱따구리는 옥탑방 전용이라며
전세나 전전세거나 월세라도 들고 싶단다
실업자 백만 명 시대 고용 공장을 차려놓고
소나무 위 칡넝쿨로 아자창 하나 열면
여기는 미산령공화국, 나는 만백성의 왕이다

행님아

  집토끼 저그끼리 패거리 하나 맹글어 독립운동 하드
키 대장 뽑고 서열 매겨
  행님아 우리 아우야, 칼금 새겨 강령 만들고

  아랫배 똥심 넣고 어깨엔 으싸으싸 어어가 우리 나와
바리 동네 간판 으름장 놓다
  싸나이 의리로 뭉친 정의를 휘날린다

  빳데리 빵빵할 때 니편 내편 챙기라카이 삼겹살 갈라
묵는 그기 다 보험 아이가
  말년이 행복할라카모 팽소에 밀고 땡기야제

  장딴지 핏줄 설 때는 행님 행님 쌌다가도 아킬레스건
나가고 나모 개미도 안 문다카이
  행님아, 불러쌈씨로 알랑방구 적금도 들고

너도밤나무

월아산 너도밤나무는 참나뭇과 교목이다
키 크고 우람해서 진짜 나무로 불리다가
오십에 땡처리 당한
너도밤나무 나도밤나무들

아람은 비록 작아도 속 차고 여물어서
맹동엔 다람쥐들도 날마다 절하고 갔다
스스로 중저가라는 딱지 아직 이른 나인데

흘려보낸 눈물은 이미 눈물이 아니므로
하늘을 품고 살아야 큰大자 꿈을 꾸지
오십에 다시 시작하는
사람들아 사람나무들아

43번 버스를 타고

43번 버스를 타면 언제나 비가 내리네
아직도 북촌 까마귀 하늘을 맴도는 곳
무서워 잊자고 하면 또 누군 잊지 말자는데

우리 모두 봉개동에 말문 닫고 내리면
진아영과 순이 삼촌과
변병생과 흰고무신과
선 채로 익어 썩어간 머체왓 보리이삭들

어떻게 죽어야 할지 김달삼에게 물으면
사람이 왜 사는지 덕구 대장에게 물으라는데
죽어서 죽을 수 없는 개가 된 사람들이 있네

시간은 오른발 왼발 함께 가는 수레바퀴
역사의 기억 안쪽 묘비명 없는 돌무덤이라네
잊자고 봄 가고 나면 잊지 말자 동백꽃 피네

내정남적사 내로남불 스님의 청산 사찰 순행기

내정사 남불 스님 로맨스냐 불륜이냐
내가 하면 정의요 남이 하면 적폐인 세상
인사에 참사가 나니 산사태 질라, 청산에

물 들 때 캠코더 모아 바람 불면 돛 올리자
내정사 남불 스님 일찍이 독심술에 정통하여 죽장자 내
던지고 전가 보검 은밀히 품어 데스노트 펼치면 세상을
쥐락하고 만사도 펴락하니 드루킹 산 불알을 심폐 소사
시키고 시계추 되돌려 일타삼피로 작살내, 혜근보살은
명상에 박명처사 법문에 들면 무림 결속을 경계하되, 혜
원 의겸 상좌님네 유달산 명수대로 파견하여 민생 살릴
소주성펀드를 개발하라 명심코 유정버핏 패착을 미선로
저스 심봤다로 대박쳐서 내정남적 첫째 시리즈가 뿌리 뽑
기요 시리즈 투는 동종교배 순혈주의로 적통을 보전하여
부디 자자손손 청산을 푸르게 하라 수십 년 적공 쌓아 마
지막 익힌 내 초식이 기절초풍 권법으로 포퓰리즘이 표몰
이즘이니 차차냐 차차차기냐 꼰대와 꼴통 춤사위나 트로
트 뽕짝은 가고

언제나 북쪽을 보라, 손절매 없는 하늘 푸르다

별

밤하늘 총총한 별이 도무지 몇 개나 될까 예나 지금이
나 한결같진 않을 테고
별걱정 별꼴사납게 별의별 일이 다 생겼으니

별 볼 일 없는 남자 별 볼 일 있는 여자가 별 볼일 있게
만나 별 볼 일만 남기고
이별은 또 하나의 별 떠돌이별이 되고 마네

누구든 가슴 속에 별 눈 하나 밝히고 살지 별보다 더
빛나는 별 혼자서 키우고 살지
하늘의 별을 따지 못해 내 별 찾으며 새는 밤

개똥참외 2

놀이터 옆 모래땅에 개똥참외 꽃을 피웠다 지난해 누
가 뱉고 간 성도 모를 업둥이처럼
  벼락에 몸서리치며 안간힘으로 버티면서

  누군가 지나가다 에미 애비 나무라도 없거나 모르거
나 씨내리를 못 맺어도
  죽을 건 잊어버리고 백 년 살기만 생각한다

  물끄러미 바라보는 저 사람이 뱉었을까 죽을 힘 다해
서도 죽을 판 살아야 한다
  열 번에 아홉 번 죽지 십생구사는 없단다

남인수

남인수는 떠돌이별 애수에 젖은 나그네
두 귀가 애절해서 부르면 눈물 나는
심금을 흔들다 말고 끝내 그를 울리고 말던

그게 다 이유가 있지 말 못 할 통사가 있지
만인이 울었다면 울릴 만한 까닭이 있지
본래는 최창수였던
강문수였다가 남인수가 된

애수의 소야곡*에 아가씨만 울었을까
요절한 가수 뒤엔 요절한 사랑이 우네
남강변 눙치던 가락 한강으로 물너울 치네

* 애수의 소야곡(哀愁의 小夜曲)은 1937년 말에 발표된 일제 강점기
의 트로트 곡이다. 후에 '가요 황제'로 불리게 되는 남인수의 출세작
이자 대표곡으로 유명하다.

덩굴손은 손이 없다

고시가 사라져도 고시텔엔 빈방이 없다
창문 없는 방에서 쪽박처럼 풋잠을 잔다
어제는 피를 뽑아서 컵라면을 사 먹었다
나는 정리해고 된 경제난민 1세대다
새벽 네 시 일어나서 공사장 날품을 판다
희망은 살처분되고 절망이 유일신이다
딸애가 보고 싶어 별 떨기를 세어본다
공중전화 앞에서 동전을 넣지 못했다
쓰리잡 뛰는 날에는 등록금도 보내야겠다
손 없는 덩굴손으로 허공을 휘젓는다
하느님이 없어도 기회는 다시 온다
꿈속엔 어머니께서 오지 말라며 우셨다

키가 큰 남자 · 가섭암

나에게 절하다니, 어림없다 사람들아
뜨는 해 한 번 못 보고 바라느니 서쪽 하늘
언제쯤 씨 한 톨 뱉아 머루라도 맺겠느냐
죽어서 억겁을 산들 단 하루 사람이 되어
병에도 엎어지고 슬픔에도 불어터져
산마루 되돌아오는 뻐꾸기 소리 듣고 싶다
욕하며 다투다가 개밥그릇에 꼬리 내린
중생이 짐승이면 짐승도 중생이리
겉보리 시들병 앓는 경상도 보리문둥이같이
무엇을 갖고 싶고 무엇이 되고 싶으냐
나에겐 연기가 없다 사는 건 불각이니
입 봉한 외돌토리 말고 흥건한 눈물이고 싶다

* 가섭암 : 경남 거창군 위천면 상천리에 있는 바위.

49

소년 일기 · 외갓집 가는 길

아부지는 잘나서 새각시 도둑장가 들고
어무이는 못나서 소박맞아 친정 가고
열한 살, 방학이 오면 엄마 찾아 삼만리 가는

양지물에서 대정까지 자갈길은 먼 백리길
해넘이 장차 타고 신마산 댓거리에 내려
눈 감고 하얗게 지샌 고모집의 긴 하룻밤

반표 하나 주이소, 창원 가는 반표 주이소
다음 역이 구마산 그다음 창원 맞지예
열 번도 더 물어보고 세어보는 창원역

다음 역은 구마산 그다음은 내 외갓집
외갓집 콩죽에 빠져 꿈속에 꿈을 꾸다
그 잠깐 잠속에 빠져 머나 먼 미아의 길

한 입으로 두 말 않기

아내가 딸에게 구설수를 당부한다 말이란 바람을 신
고 한 입 건너 독이 묻으면
있는 말 없는 말 더해 만장판 칼이 되지

입질에 오르내릴라 바른 입도 조심해서 입에 문 혀도
깨물어 아닌 말을 만들지 마라
입에는 비록 쓴 약이 병에는 좋다지만

입안에 발린 말이 맨 먼저 신물이 나고 입에 침이 마
르면 젖내 묻어 비린내 난다
말 속에 뼈가 없어야 그 말품 장맛이 드네

씨눈

　내가 네게 한 그 말들 다 잃어도 좋지만 끝내는 하지
못해 놓치고 만 그 한 마디 심장 뒤 안쪽에 숨겨 땅속 깊
이 묻은 말 남남이 되어서도 남남이 되지 못해 그때는
말도 안 되던 진실보다 시린 속말 눈으로 말하지 못한
마음 속 영원이 된 말 혹시나 네가 알까 두근대지 않으
려고 가만히 혼자 뇌이다 끈조차 잃어버린 지금껏 뼈마
디 저민 꽃 진 자리 그늘 뒤란에

함박 인력개발연구소

함박 인력 연구소에 함박함박 함박눈 온다
빈자리 있나 없나 허탕 친 허씨는 가고
공치면 공씨가 되는 김씨 이씨 노가다씨들

뻐꾸기 알 품어 줄 오목눈이 둥지를 찾아
함박눈 핑계를 대고 섯다 한 판 장을 펼쳐
쓰디쓴 아메리카노로 하루 치 땜빵을 한다

일당 자랑 무일푼씨 통장 없는 텅씨가 되고
오늘 처음 초짜가 왔다 손발뿐인 맨 초짜다
초짜가 초씨까지는 한 해쯤 공쳐야 한다

제3부

놀아 본 언나들 빼고 초짜들은 다 모여라

계수나무 옥토끼와

십 년도 훨씬 넘게
누이를 뒷바라지했다
넉넉해서가 아니라 세상 명이라 굴종했다
그 누이 가고 없지만 내게는 아직 산다

바람 난 매제를 돌아오라 타이르고
생떼 같은 조카들 숨탄 망울 눈에 밟혀
안 되면 급전도 빌려 함께 살다 죽자고 했다

함께 살자, 함께 살자, 멀리는 가지 말아라
계수나무 옥토끼와 그곳에서 기다려라
계수나무 옥토끼와 그곳에서 기다려라

진주식

서울엔 서울냉면 없고 진주엔 진주냉면 있다
부산엔 부산비빔밥 없고 진주엔 진주비빔밥 있다
외골수 진주사람들 천년 우린 씨간장 있다

진주엔 봉알자리 있다
진주사람 태실이다
왕대밭에 왕대 나는 강골들의 씨내리 씨밭
비봉산 날던 봉황이 다시 와서 알을 품을 곳

진주엔 쌍가락지 있다 물속에 의암 있다
충무공 김시민이 칠만 원혼과 살고 있고
황금빛 역사가 있다 자랑 않는 혈맥이 있다

강남스타일은 없어도 진주엔 없는 것 없다
아파도 말하지 않던 마르지 않는 남강이 있다
에나로? 진짜 에나로!
하나뿐인 진짜가 있다

오얏나무 아래의 갓끈

그 한나절 니 말한 거 신문 보고 알았는데
우짠다꼬 동문서답이 141개나 대더노
한 개나 그저 두세 개 댈똥말똥 그라모 몰라
그라고, 삼수 변氵에 갈 거去 그걸 와 모른다카노
지리산 눈이 녹아 낙동강으로 가드키
법이란 첫물이 모여 문리대로 흐르는 긴데
콩 한 쪽 갈라묵는기 삼이웃 불문율잉께
대빵이 장땡 쥘라모 가타부타 손부터 씻고
그 머꼬 법이라 카모 대들보 앉힐 초석인기라
신언서판 얼반 쥐기는데 안방 와 몰랐다카노
니 부디, 참외밭에서 허리 숙이지 말라캤제
지금은 때가 아니라*고 듣도 보도 안 했더나

* "지금은 나아갈 때가 아니다" : 남명 조식선생이 명종 10년에 단성
소를 올리면서 출사하기를 거절한 말.

도도새

우리 모두 도도새예요
울지 못해 죽었지요
자유와 꿈을 찾아 인도양을 건너와서
울창한 숲을 버리고 문명의 옷을 입었지요

하얗고 동그란 눈 두텁고 검은 부리
긴 날개 날선 발톱 푸른 파도를 등진 뒤
문명의 말을 배우고는 바보가 되었지요

자연을 배반하면 정신도 물거품인걸
포식에 또 탐욕들이다 생명조차 앗겼지요
우리는 도도새예요
울지 않으면 죽고 마는

칠성무당벌레

하찮다 깔보다니 허실법을 아시나요 설마하니 매나니
인 줄 아무도 모를 거예요
　거짓이 참된 거예요 참된 것을 이기니까요

　일곱 평 원룸에서 친정살이하면서요 낮에는 밤잠 자
고 밤이 곧 낮이거든요
　아랑주 단벌옷 입고 서울까투리로 살아요

　내세울 게 없으니 배짱으로 살면서도 속되고 비겁하
게 똘마니는 되기 싫어요
　인생은 반전이거든요 뒤집기 묘수 보실래요

　스스로 강한 자는 드러내지 않는다지만 동대문시장
칠성상회 속성제품은 아니고요
　머나먼 북두칠성이 내 핏줄 뼈대거든요

그날이 오모

— 갱상도 풍으로

　올끼다 오고말고 첫눈이 갸 꼭 올끼다 안 오모지만 섭
지 보고지바 우짤라꼬
　첫사랑 두 손 맞잡고 꽃가마 타고 올끼다

　올끼다 오고말고 새장가 갈 그날 올끼다 안 오모 혼자
울다 도둑장가 가고 말끼다
　벤츠나 리무진 말고 말꼬삐 잡고 갈끼다

　천만리 떠날끼다 하모하모 영락없이 입은 옷 신발까
지 홀랑 벗고 도망갈끼다
　맨발로 뛰다 잡히모 불알 까놓고 가뿔끼다

　갈끼다 물도 안 마시고 뒤도 안 보고 갈끼다 그래도
차마 몬 가모 서귀포 더는 안 갈끼다
　한 바꾸 삐잉 돌아서 붙던 자리 붙을끼다

맨발의 남자

십자가를 혼자 지고 골고다를 오르는 남자
옥봉동 산1번지를 끌고 갔다 메고 오는
신발을 고쳐 매고도 못 오르는 오늘의 남자

직립의 형과 벌을 발목에 함께 묶어
어제는 등 내일은 어깨 애옥살이 형벌 앞에
간난의 작두날 위를 홀로 걷는 빈손의 남자

죄라면 아비의 죄
빚이라면 남편 된 빚
선학산 허리를 안고 소주잔에 투항하다
새벽달 늦저녁 별에 눈치레하는 비탈길 남자

살롱 개똥쑥

대롱골 묵정밭에 개똥쑥이 문을 연 살롱
잘난 놈 못난 놈들 얼씨구 굿판 난장에
꽃길만 길이겠냐며 따라지들 다 모였다
오늘의 주제는 다함께복세힘살* 쇼라며
철써기 찌르레기 오프닝 송을 열창하면
놀고픈 얼라들 모여 멘토 멘티 하나가 된다
피라미 미꾸라지 기죽지 말고 다 오너라
우리 모두 바람맞아 오갈 든 메가리들
리그나 페널티 없는 흉살 한을 넘어서 보자
뒷배는 강물에 낙하산은 바람에 주고
복세편살* 떨치고 나만의 끼를 세워
놀아 본 언나들 빼고 초짜들은 다 모여라

* 복세힘살 : '복잡한 세상 힘내서 살자'는 신조어.
* 복세편살 : '복잡한 세상 편하게 살자'는 신조어.

하등의 하등에 의한 하등을 위한

참새목 중에서도 몸집이 제일 크다
지상에 깃들지 않고 공중부화 새끼를 친다
삼족오 휘날리듯이 외돌토리 텃세를 한다
바탕이 잡식성이라 쓰레기장이 놀이터다
왼종일 먹이만 탐해 뒷골목을 헤아린다
탐닉한 살코기만 먹다 가시에 목이 찔렀다
먹빛이 본색이나 흰소리로 우짖는다
미문은 기억하나 불리하면 곧잘 잊는다
진화적 개량학파라 숨 탄 것으로 변이 중이다
인간과 친하지만 반인륜의 독선이 있다
깨끗해 보이려고 무시로 탈바꿈한다
그래서, 무슨 새냐고? 등뼈 없는 고등동물이다

쑥 캐러 가자

남순아, 쑥 캐러 가자 니캉 내캉 둘이만 가자 쑥뜸도
필요 없고 사는 사람도 없을 낀데
　쑥 캐서 머할라카노 쑥버무리도 언성시럽은데

용국이 글마 그거는 배가 나와서 틀리문 기라 동의보
감 내 편에 봄쑥이 최고라던데
　약쑥은 잠시 잠깐이고 냐두모 쑥대궁 된다

진즉에 봐놨어도 둘이 갈라고 말 안 했제 여자들 속
냉한 데는 약 중에서도 명약이라카데
　검은 속 모를 줄 아나 마이 캐가 혼자 무라

내 폰 한 번 열어 볼래 숙이하고는 안 간다 캤고 그 누
가 전화와도 시간 없어 몬 간다캤다
　니도 참 늙어감시로, 인물 좋은 덴 입맛이 돌아

거리의 악사

"어드메 계시오온지
보고픈 어머니이믄"
거리 악사 김응섭은 카세트 전용 마스터다
무반주 예순 턱걸이에 앵벌이 새끼도 없이

쓰리빠 신은 왼손 땅을 끌어 길 당기고
오른손 구루마는 카세트악단 밀고 간다
온 생을 배밀이 하며 한 세상 돛을 달고
얼마나 멀고먼지 내 온 길 또 갈 길이
트로트 여덟팔자에 해거름 밀물 들 때
"언제나 눈 가아므으면
떠오르는 그 모오습

* 볼드모트 : 해리포터에 등장하는 악마.

노아웃

　왜 이제 왔느냐고 너무 늦지 않았냐고 헐벗고 선 나무 한 그루 의사가 지켜보면서
　가랑잎 외길만 남은 만성폐쇄성 폐질환이란다

　시간 가면 제풀에 갈 감기로만 알았는데 되돌아 설 발길 없는 치명적 한방이라네
　대타를 살 수 없으니 연장전이나 고대하란다

　벼랑 끝 절망인데 타협할까 거부할까 역전은 어려워도 아직은 노아웃이다
　불탄 집 재를 훔치며 줄담배를 꼬나문다

홍어 애탕

목포시장 선창가에 억수장마 소나기 져도

내리거나 말거나 한 닷새 그냥 두고

내가 왜 물마루 타고 애걸복걸 속 태우나

예굽은 세상쯤은 예도옛적 지난 일처럼

이까짓 인생쯤도 애긋게 다투지 말고

가든지 가지 말든지 내 알 일 아닌 듯 두자

애간장 다 녹도록 앙갚음하는 비릿한 생

맛 들면 정이 들고 정들면 못 헤어지는

애간장 녹고 삭는 일이 어제 오늘 뿐이랴만

영월에 와서

저 만월

열 달의 만삭

옛사랑 가고 만삭이더니

천지에 지천으로 그리움 만삭이려니

영월은

늘 만삭이려니

기다림도 산달이려니

연탄불

연탄불 철판 위에 겨울밤이 익어간다 뼛속까지 잘 발라져 씹는 맛 씹히는 맛에 비명도 고통도 없이 홀딱 누운 소신공양 나는 아직 성한 입심 너도 여태 튀는 생살 농담 진담 희언에서 설익은 귀동냥도 탕진한 소주잔 들면 우린 오늘 할 말이 있다 반품된 불량품과 모조품들 둘러앉아 목울대 울컥 넘치는 창백한 고백을 하면 뜨거운 뼈들만 남아 하릴없이 지고 또 핀다

수결을 놓다
— 덕구 대장의 유언

더 이상 길이 없음을 진작에 알았지만 큰넓궤 뒤쪽에
도 출구는 없습니다 죽어서 다시 살아도 이 길은 외길입
니다 떨리는 가슴으로 죽창을 들긴 해도 살기 위해 일어
섰는데 죽음이 정말 두렵습니다 총구에 맞서는 지금 죄
만 같은 삶입니다

날 더러 대장이라지만 남편이고 아비일 뿐 죽는 게 사
는 거란 말 반품도 어림없습니다 그래도 백 번을 죽어
씨감자는 살려야지요 죽은 자식 못 묻고 오면 한라산도
터진다는데 나 죽어 함께 살라고 열 손가락 걸긴 해도
산 자식 버리고 올 땐 짐승처럼 울었지요

목시물 다랑쉬에도 숨을 곳은 없습니다 반드시 살기
보다 당연히 죽겠습니다 천둥에 벼락이 쳐도 피하지 않
겠습니다 밑돌이라 믿고 살던 소나이들 다 갔습니다 아
이들 못 지킨 죄로 내 고염을 거두어 유언은 없습니다만
목숨의 수결을 놓습니다

피고지고 개망초

혼자 피어 홀로 지는 치매병원 개망초야

누우면 벌써 죽고 느루걸어 오래 살아라

잊을라, 잊지 말아라, 기다려 안 오는 사람

길 멀다 많이 먹고 해 길다 꿈도 꾸며

웃어라 원도 없이 하마 올 내일을 위해

눈 뜨고 실컷 아파라 웃어야 살고 울어야 산다

죽음의 조건

내 살아 신문 한 컷 이름 석 자 올라 봤으면 북천에 가서라도 자랑이 만발할 텐데

가쁘게 달려왔지만 족적 한 줄 가뭇없다

죽음의 본바탕은 사망으로 시작해서 별세 영면 서거 승하… 귀천은 어림없고

선종은 언감생심이니 죽도 밥도 안 되겠구나

뛰고 절며 엎어지다 한숨 돌려 다다른 곳 장례식장 어느 귀퉁이 한 사흘 세를 들어
출입구 벽면에 붙어 북망에도 없을 별자리

마나농법

철부지 농사라커니 알곡이 겉보리 될라 시늉도 낼 걸
내야지 하냥다짐 하나마나
심어서 거두지 못할 태평농사 잡살뱅이야

보리밭에 갈가마귀 낟알마다 절 올리고 고라니 멧돼
지가 날도둑 가을일하는
산수농 신건이농이 신토불이 새농법이냐

섰으나 앉았으나 이삭털이 애송아 명색만 유기농이지
심으나마나 거두나마나
한밤중 떡메 소리가 상사농에 으뜸이다

제4부

사람이 이길 거라고 볼드모트가 그러는데요

해남

땅끝 앞 돌섬 위에 저 소나무 꼴값 좀 보소 뒤틀려 휘
어져서 어딜 보고 있는감요
　지금 니 거기 선채로 날 기다리고 있었구마이

　그냥 칵 죽으면 될 걸 죽지 못해 살고 있지라 이 뺨 저
뺨 오지게 맞고 막판에 울러 왔지라
　사는 게 끝은 있어도 까닭은 없는 게비여

　끗발이 죽었분디 뭔 일이 됐겄소만 잘못 만난 때는 있
어도 잘못 태어난 사람 없지라
　여그가 땅끝이라도 시작은 인자부터요

도둑놈가시

나더러 가시라니 눈엣가시 몸엣가시 도둑놈 날도둑놈
날치기놈 가시라니 불한당 허깨비 뿔만 빌려 쓴 면류관
이라니 연분홍 아롱다롱 깊은 꿈 피웠는데 빈털터리 따
라지들 숯이 검정 나무라니 태어나 호접몽 하나 빨간 스
카프 각시였더니 애비 못나 도둑놈 애미 허물 가시라니
한뎃잠 이슬 맞고 눈치코치 손가락질에 담 너머 남의 것
한번 흘긴 적도 없는데 각시로 태어나면 신랑 하나 업고
와서 빛나도 떨치지 않는 도둑놈 각시 말고 저 달빛 푸
른 난간에 떨거지 새끼 될지라도

곡비

　가뭄에 가신 것도 늙은이 뜻일 거라며 청개구리 일족
들 문상을 갔었는데 영정만 혼자 웃으며 어서오라 눈짓
한다

　어물쩍 넙죽 절하고 빈소를 나오려니 자식 손자 후생
들 접견실에 가득 모여 그 영감 팔순 때보다 만화방창
잔칫날이다

　사는 게 끈이라는데 아프게 맺은 끈이라는데 길이 뭔
지 몰라도 가서 못 올 길이라는데 국밥도 목젖에 걸려
북망길을 못 넘는데

　맹꽁이 두꺼비도 다 불러서 춤을 추자 하늘에 비를 청
해 목청껏 울어드리자 다시는 오지 말라고 비손도 바쳐
올리자

신이 되고 싶은 시인이

'25시'의 게오르규는 사제나 소설가보다 하늘 아래 으
뜸인 신이 되고 싶었다
　신이란 하늘에 살고 시인을 줄여 신이므로

　그런데 왜 남의 것 따다 먹고 훔쳐 먹는 이 물신 저 귀
신들 신중의 신 잡신이 있나
　초습에 입맛 들이면 걸신이 된다는데

　신소리 하다 보면 흰소리 되고 마는 아무리 신을 지펴
도 신들리지 못해서
　신바람 찾아 나서다 발목 삐끗 뺨만 맞았다

　내 진정 시인이라면 텃밭 하나 일궈서 희망의 씨를 뿌
려 절망이나 품고 싶지만
　그것 참 쓰고 매워서 접신조차 어림없으니

다이아 2K

마흔 해 훨씬 더 전에 부산진 육교 밑에서 아내가 산
다이아 2K 내 명치에 빛나던 별빛 가짜를 진짜로 만든
그 풋내가 살고 있다

짝퉁을 상자에 넣어 진품으로 포장해서 예비 신랑 선
물이라며 가족 앞에 풀어놓고 아슬한 벼랑 끝에서 산나
리 가슴 조바심하던

한눈에 낌새를 챈 장모님 떠난 지 십 년 그 비밀 그 한
을 하마 풀고 가셨는지

이눔아, 내 걱정 말고 뜬구름이라도 잡아라

구비구비

　육십령 구비구비 오솔한 낮달 발자국 갈까 말까 주저
앉을까 역마살 돋는 한낮
　장끼가 까투리 품고 마음에 없는 염불 왼다

　뻐꾸기 외사랑 울음 이 산 저 산 목을 놓아 산 너머 무
주구천동 뜬소문에 물어보자며
　봄부터 늦여름까지 해 질 녘에도 매기는데

　뼈마디 골골마다 산전수전 생의 벼랑 머루 다래 열까
말까 익은들 누가 올까만
　비탈길 오를 때보다 내리막이 더 고비고비라서

바랭이

땡볕에 바랭이야 굿판 한번 놀아나 보자
엊그제 땡처리된 달개비도 불러와서
맨땅에 벼락치듯이 신명이나 덩더꿍 놀자
호구가 따로 있나 사는 놈이 장땡이지
한 시름 휘어 잡혀 머리채 패대기쳐도
살아서 죽는 날까지 얽히고설켜 새끼도 치며
일용이 비정규는 애면글면 헤매는데
쌓이면 병 되고 맺히면 옹이 되어도
사는 건 별거 있다며, 견디는 게 사는 거라며
쇠뜨기 질경이야 이판사판 잘도 논다
센 놈들 어깨춤에 품바로 비아냥 놓는
징한 놈 천둥바라기 벌거숭이로 어절씨구

달 그림자

자다가 깨어나서 추스르는 목 넘기 울음

아직 덜 깬 그 꿈의 뒤통수를 밟고 가면

반지하 단칸방 구석 죄 하나 허물 열

누가 길고 누가 짧은지 날마다 키를 재다

돌아앉아 되돌아보는 이 산굽이 저 해넘이

산 능선 끝자락에 걸린 그냥저냥 사는 이승

길 잃은 한낮 길짐승 캄캄한 가슴 한 켠

쉽게도 넘어갈 날을 어렵게도 못 넘어서

먼 옛날 그루터기에 날개 접은 한 마리 새

어처구니

어처구니 어처구니야 어처구니없다 왜 없나
왜 없나 어처구니있다 한 날에는 못 나도
섣달도 열여드렛날 어처구니없는 어처구니야

상제야 맏상제야 관이 있나 무덤이 있나
니가 죽어 내 상제 내가 죽어 니 상제나 되어
한시에 두레상 차려 젯밥 먹는 어처구니야

이어도 어드메냐 사람이 이어도지
살아야 이어도지 꿈에서나 이어도지
관덕정 인민광장에 종간나 새끼 어처구니라도

어처구니 어처구니야 내 어처구니 니 어처구니야
큰넓궤 어처구니로 백조 일손 어처구니로
한라산 행여 잊어도 오라리를 기억해다오

낙엽 레퀴엠

돌아갈 길을 잃은 마지막 살풀이인지

몌별의 발소리 끝에 빈손 한 움큼인데

저 손짓 침묵을 깨워 흐느끼는 해어화다

숨소리 벌럭이면 산자락이 들썩이는데

갈 때도 뒤꿈치 들고 온다 간다 한마디 없이

이승과 저승을 잇는 바람 장삼 노름마치다

하루살이

　우리는 해외여행을 가 본 적이 없어요 1박2일 3박4일 그런 것도 처음이고요
　낮과 밤, 인생이란 말도 귀 밖을 맴돌아요

　하루의 반은 하루 하루의 곱도 하루 어제의 어제는 오늘 내일의 내일도 오늘
　그런 건 어렵잖아요, 편의점에 다 있으니까요

　서녁에 달이 꼴깍 절벽을 뛰어내릴 때 그 하루 내 생의 절정 허공을 부여잡고
　주야를 바톤터치하는 상평공단 하루살이예요

내일 모레

젊은 날 아내에게 빌린 돈 일백만 원
언제쯤 갚냐기에 내일모레라 답했다가
서른 해 훌쩍 넘기고 꼬투리를 잡혔다
어느 날 아내가 내민 청구서 단서 하나
원리금 상환 금액이 복리라고 다그쳤다
내일에 뒷덜미 잡혀 발바닥이 다 닳았는데
없는 사랑 있는 사랑 마디 시린 마흔 해를
그것은 임무일 뿐 통장이 틀리단다
절망아 기죽지 마라 영치금을 넣어주마
불확실한 내일을 밑돌로 떠받친 오늘
희망 너 걱정 마라 목 놓아 울게 해 주마
내일이 모레 글피에 저당 설정을 놓았단다

불목하니

부처님, 이거 잡숫고 웃음이나 마이 주이소
때깔 나고 벌레 안 먹은 볼 붉은 복숭인데요
맨 먼저 불전에 올려 합장하고 절했심더
내 하마 곁에 온 지 스무 해 넘는 중노미가
우찌 살꼬 우찌 살꼬 지집 죽고 자슥 죽고
그때는 저 산구 울음 명치끝에 꽂히디요
불 때고 마당 쓸며 해만 지모 산다 캐도
살다 보면 살아진다는 그 말 진짜 언성시러버
밥술에 머리 처박는 올무는 안 쓸랍니더
눈으로만 보지 말고 마음에 두라캤지에
말인즉슨 발버둥 마라 그 뜻인가 어렴풋한데
인자 마 이 그늘에 숨어 한평생 살라캅니더
거우 내 배고픈 땅에 거름 주며 보니께
온 땅에 새순들이 천지삐까리 꼭지 드는 거
그기 참 생불 맞지에, 시늉이라도 해볼랍니더

인체해부도에서 숨은그림찾기

허파 안쪽 간 아래 쓸개에 고인 썩은 피
유부족 형편 따라 등쳐서 빼먹고 산
사특한 나를 키워준 두억시니 곳간이 있다

심장통이 그르친 일 소장 대장 무슨 죄 있나
간에 붙고 쓸개에 붙어 사는 그것 죄 아닌데
세상일 간을 보다가 간덩이만 잔뜩 부었나

사거나 팔 수 없고 빌리거나 훔칠 수 없는
보이지는 않으나 사람이면 누구나 있는
선악을 출산하지만 후레자식이 더 많은 땅

거짓은 거짓을 낳아 있기도 없기도 한데
선악은 마음에 살고 모사꾼은 민눈알에서 난다
한입에 두말하는 난 애비가 둘인가 보다

모르쇠

모리재* 가는 길을 가랑잎에 물어보면 바람에 쏠려 왔
다며 장승에게 물으라네

어디로 갔냐 물으니 모르는 곳에 갔다 이르네

봄 산에 저 뻐꾸기야 알아도 넌 모르는 일 척화를 모
르는데 나라를 알겠느냐
날마다 쑥물 들이킨 그 속은 더욱 모르리

귀 밝아도 난 모르리 눈이 커도 넌 모르리 알면 죽을
목숨 산 것들은 다 모르리

모리재 길은 알아도 사내 가슴 나는 모르리

* 모리재 : 경상남도 유형문화재 제307호, 병자호란 때 척화를 주장
하며 자결에 실패한 동계 정온이 모리재에 은거함.

아무것도 아닌 것들이

쇠뜨기 쑥부쟁이 밟히며 사는 것들이
빈털뱅이 깡통 같은 채이며 우는 것들이
하찮고 보잘것없어
꽃 지고 꽃 핀다 한들

개미나 지렁이가 기어가고 기어온들 날구멍 들구멍에
쥐새끼 날고뛰든지 쭉정이 들뜬 마음쯤 있어도 없고 없
어도 있는 바람과 맞바람 골바람 칼바람아 뿌리도 가지
도 없는 이재민 문바람아 숨탄것 목숨을 끊는 피죽바람
서릿바람아

오금저린 땅 위에 아무것도 아닌 것들이
아무것도 아닌 것의 쓸모없는 쓸모가 되어
막다른 골목 뒤곁에
사람들이 살고 있다

유수역

목련이 지고 나도 필까 말까 개나리는 채송화 맨드라미 피어본들 고뿔만 앓아 유수역 길 물었더니 말문 닫고 손사래 친다 KTX 생겨난 뒤 유수역에 사람 마르고 바람이 손 흔들어도 개똥쑥 말라 죽고 빈 의자 무르팍 위에 고요가 턱을 괸다 유수에 해바라기 자빠져 서지 않고 유수에 달 뜨다 다시는 오지 않고 유수에 개망초 핀 것 아무도 볼 사람 없다 한 번 떠난 사람들 기다리지 말자며 녹이 슨 철길 밑에 자갈돌 목메는 소리 사람은 물 따라 가고 남은 사람 시간 따라 가고

2월 30일

오도 가도 못 하는데 설왕설래가 있고요
사람도 없는 한밤에 갈팡질팡이 있고요
텅 · 하면 소리가 나는 텅텅 빈 거리가 있고요

어린이 놀이터에 애들 웃음 울고 있고요
시장통 대로변에 불법 주차도 없고요
거리엔 버스만 가고 승객 하나 없고요

이 봄이 허둥지둥 올동말동 비웃는데요
내 몸도 38℃에서 오락가락 울리는데요
피자나 김밥 시대가 울컥울컥 설레발치는데요

2월에 30일이 있고 없고 그러는데요
겨울과 봄 사이에 낀 우수리라 그러는데요
사람이 이길 거라고 볼드모트*가 그러는데요

* 볼드모트 : 해리포터에 등장하는 악마.

96

아무것도 아닌 것들을 위하여

시조의 형식은 알이면서 집이다. 또한 전통적 가치이며 숙명이다. 이러한 운명을 타고난 시조의 정통성을 역사와 시대적 정신으로 집을 지키고 도전과 혁신으로 알을 깨뜨려야 한다. 알은 궁형이며 궁극이므로.

1. 쓸모없는 것들의 쓸모 찾기

대목장이 쓰다 버린 나무를 소목장은 주워 모아 다시 캐고 다듬는다. 그것들을 적재적소에 따라 쓰임새를 찾아 모양을 만들고 무늬의 결을 일으킨다. 장롱이나 탁자를 만들고 더 작은 것들의 쓸모를 찾아 문갑을 만들기도 한다. 거기다 돋을새김의 글씨나 음각으로 그림을 넣어 수미상응의 조화로 영혼을 불러온다. 소나무나 매란국죽 십장생도를 인각하여 생명이 없는 것들에게 피를 돌게 하고 숨소리가 들리게 한다. 오래전 〈지리산의 풀벌레〉를 본 적이 있다. 무당벌레 매미 여치 잠자리 등 자연 속에 사는 풀벌레를 실제보다 더 정교하고 살아 움직이듯 새긴 생동감 있는 전시회였다. 자연 생명에 대한 맥박을 들음으로써 신비한 경외감을 느꼈다. 작은 것에 대한 애착과 신비가 삶에 대한 새로운 참모습이며 진실이란 깨달음에 압도당하고 있었다.

또 한 권의 나를 세상에 내놓는다. 설익고 피폐한 내 언어가 그 한계를 잊고 까불대다 돌아설 때면 참 면목 없이 낯 뜨겁다. 생경한 자의식을 노출하여 언어의 본래적 생각이나 양식마저 왜곡한 시 쓰기로 타인의 공명을 추구한다면, 이것이야말로 정正을 찾아 헤매다 거꾸로 핍乏만을 쥔 빈손이 되고 말 것이다. 다시 쉼 없이 맨발로 걸으리라. 그리하여 턱을 괴고 앉으리라. 내 언어의 고아한 절대 음감을 위하여 누에의 고치가 간극을 벗고 발화할 때까지 녹슬지 않은 영혼의 언어를 구하리라. 더 깊고 더 높고 곧으며 빼어난 정신의 미학에 도달하리라. 뜨겁고 절실한 인간 존재의 진리를 찾아 마침내 무릎 꿇어 핍의 모자람에서 정의 충만함을 얻으리라. 이것이 비로소 쓸모없는 것들의 쓸모가 아닐까.

나의 시가, 언제쯤 좀 더 엄숙하고 진지해질 수 있을까? 언제까지 말뜻도 없이 헛기침 뱉는 어찌씨들의 난장을 떠돌 것인가. 그러나 나는 그것들의 말 부림이 한없이 좋다. 앞소리 하나만 매겨 놓으면 저 혼자 가락을 타고 온 들녘 싸질러서 달아나는 겁 없는 소리를 낸들 어쩌겠는가. 들판 한가득 까만

눈만 남은 씨들을 풀어놓고 부러진 막대기 하나 주워 그것들을 까불고 턴다. 그런데 그게 아니다. 막대기와 너나들이하며 노는 짓거리 장단에 신이 들고 어깨춤이 배어 있다. 설마 했던 이삭들이 어느새 한 홉 한 되를 넘어 말이 되고 섬이 된다. 나도 따라 흥이 선다. 기왕 만나 벌어진 굿판이니 내친김에 타령조건 신파조건 놀아볼밖에 없다. 음정 박자 모르는 음치들이 앉은소리를 메기는 것이 내 시의 시작이다. 신명이 솟구치면 각설이 품바타령이 되고 남사당패의 사물놀이가 된다. 명창이 따로 있고 고수가 따로 없다. 누군가 선소리꾼이 되면 허리춤 어깨춤에 닐리리타령을 얹어 는실난실 논다. 그러다 파장이 되면 바람 따라 홀씨가 되어 떠나는 살이 낀 역마직성이다. 한곳에 머물 수 없는 이 태생적이고도 병리적인 역마살의 본능, 시리고 헛헛한 가슴을 추스르지 못한 채 떠돌이별이 되는지도 모른다. 세상은 이런 숙명적 원죄를 앓는 이들을 시인이라 부르는데, 나만 아니어서 얼마나 다행이냐. 근래에 들어 유목민 생활을 접기 위해 작심하고 부르는 노래가 있다.

철부지 농사라커니 알곡이 겉보리 될라/ 시늉도 낼 걸 내야지 하냥다짐 하나마나/ 심어서 거두지 못할 태평농사 잡살뱅이야// 보리밭에 갈가마귀 낟알마다 절 올리고/ 고라니 멧돼지가 날도둑 가을일 하는/ 산수농 신건이농이 신토불이 새농법이냐// 섰으나 앉았으나 이삭털이 애송아/ 명색만 유기농이지 심으나마나 거두나마나/ 한밤중 떡매 소리가 상사농에 으뜸이다

—「마나농법」전문

이 작품의 모티브를 밝히자면 모작은 아닐지라도 남의 것을 반쯤은 훔친 거나 다름없다. 근처에 사는 김수환 시인이 농사지은 거라며 주먹만 한 무 몇 뿌리와 겉절이를 조금 가져왔다. 여름내 땀 흘려 유기농에 애썼는데 멧돼지 고라니가 다 먹고 잔챙이만 남았노라고 했다. 나는 당장 굵고 때깔 좋은 것들은 빼돌린 것이라고 핀잔을 주었다. 그 답례가 셋째 수종장의 비아냥이다. 그가 돌아가자 나는 사실 그의 말대로 받아쓰기를 했는데, 얼핏 보면 초짜 농사꾼의 친환경 농사법 같지만 되읽으니 시농 20년의 자전 신세타령이 되고 말았다. '하냥다짐 하나마나'로 귀결되는 신건이의 실농법이다. 농사란 시작부터 갈무리까지 한결같아야 한다. 농심이 천심이고 땅심이라는데 천하지대본이란 농사법이 괜히 나온 말이겠는가. 시농이 그렇다. 창조적 파괴란 미명으로 기존의 문법을 철저하게 파괴해서 시 쓰기의 관행과 경계를 허물자는 야심이 여지없이 무너지고 있다. 말하자면 여태껏 버텨온 나의 시농이 알고 보니 실농이었다. 그러나 나는 줄기차게 새뚝이의 길을 갈 것이다. 새뚝이란 신인이 아닌 끊임없이 새로 판을 짜는 사람을 가리킨다. 기존의 가치와 제도 문법에 갇히거나 안주하지 않고 혁신과 창조를 꿈꾸는 사람의 정신이다. 끝내 시농 천하지대본을 이루는 날까지.

2. 먹감나무 결 : 아, 사람이 없으니 안 열지요

모든 나무들은 결을 가지고 있다. 물결처럼 살아 출렁이지 않지만 지금을 거슬러 켜켜이 층을 이루고 말하지 못한 말들을 묻고 있다. 그 안에 줄 켜 무늬 리듬을 형성해서 꿈결 같고 잠결 같은 무심결에 스친 눈결까지 낱낱이 기억하고 있다. 그러나 결코 상처라 말하지 않는다. 그중에서도 먹감나무의 결은 우리의 정서와 감정을 삭여낸 아우라가 있다. 결이란 낱말의 그늘에서 다양한 뉘앙스와 감성의 자장을 쉽게 읽을 수 있다. 적나라한 허영이 곱게 누벼져 있고 소리 없는 환청이 어딘가의 시간으로 끌고 간다.

40여 년 전 추석날 성묘를 마치고 재각 '영모재'에 들렀다. 헤어진 친척 일가가 모여 서로 만나 안부를 묻는 고향에 하나 남은 유일한 공간이었다. 그곳에는 오래된 감나무 한 그루가 있었는데, 유년의 친구를 만난 듯 반가움과 설렘으로 가슴이 두근거렸다. 나와 감나무의 우정은 제의에 가까울 정도로 두터웠는데 나는 그것을 감나무 아래의 경배라고 불렀다. 감꽃이 피어 열매가 달리고 한여름 햇볕에 굵어진 감의 볼이 붉기까지 나는 감나무를 우러러볼 수밖에 없는 유년기를 가지고 있다. 오늘 마침내 감나무를 만났다. 그런데 아무리 고개를 들고 살펴도 주먹만 한 감이 나를 보지 않았다. 대신에 넓은 감나무 잎이 삭연하고 격정적으로 붉은 솟증을 머금고 있었다. 감나무에 감이 왜 없지? 내가 혼잣말을 두어 번 중얼거렸다. 그 순간 재종 동생이 기다렸다는 듯이 화난 음성으로 대거리를 했다. 아, 사람이 없으니까 안 열지요. 짧은 찰나였지만 뒤통수가 아득해졌다. 별안간 용서받을 수 없는 죄목의 선고에 막막한 회오리가 덮쳤다. 그랬구나. 혼자 떠난 죄, 연락도 없이 돌아오지 않은 죄, 다 주고 다 뺏어가고 우정을 배반한 죄의 나는 돌이킬 수 없는 죄인이었다. 그동안 감나무는 사방으로 가지를 뻗어 기다렸지만 홀로 외로운 옹이만 커갔다. 아하, 그랬구나. 옹이뿐만 아니라 속으로는 그 긴 그리움이 켜켜이 맺혀 결이 되었구나. 사람도 말을 못 하면 새까맣게 가슴이 타듯이 감나무 저도 혼자 쓰리고 아픈 것이 고여 먹감나무 결이 되고 말았구나. 내 유년의 감나무가 그랬을 것이다. 어쩌면 내가 돌아오길 기다리다 끝내 곡기까지 끊고 말았을지도 모른다.

3. 고독 삼화음

> 울음을 우는 법과 그 울음 참는 법을/ 눈물을 오래 가두어 물무늬 이는 것도/ 궁형을 견딘 사람만 달이 지는 까닭을 안다
>
> ―「고독 삼화음」 부분

허다한 병중에서도 고독이 무서운 이유는 외상이나 통증이 없기 때문이다. 그것이 있어야 남들에게 엄살도 부리고 위로도 받는 처지인데 오히려 정신이상자 취급을 당할 우려조차 있다. 고독씨 자신도 정신과를 찾은 것이 그나마 다행이다.

정신과 의사 독고 선생이 환자 고독씨를 진찰했다. 오랜 검사 끝에 진료 기록에 다음과 같이 적었다. ①외상과 통증의 흔적이 없다. ②잠복을 한다 ③항체가 없다 ④완치가 불가능하나 생명에는 지장이 없다 ⑤의사나 전문 의료기관이 없다 ⑥ 초기엔 담배를 피우고 다음엔 술을 마시며 마지막엔 시를 쓴다 ⑦전염성이 강하다 그런데 이변이 생겼다. 진료 기록을 마치고 결과를 말하는 순간 독고 선생이 전염되고 말았다.

고독이란 한 시대의 정신을 찌르는 화두처럼 불쑥 태어난 것이 아니다. 오히려 너무 오래되고 낡아서 식자들 사이에선 외면하는 금기어가 되었다. 그러나 새삼스레 들추는 까닭은 현대인들이 삶을 영위하면서 쉬어갈 수 있는 이만큼 한 상징의 그늘이 없기 때문이다. 우리가 만든 많은 삶의 공간에서 휴식을 위한 시설이나 장치 중에서도 가장 정서적이며 제의적인 공간이 바로 고독이다. 뿐만 아니라 창조적 예술적 공간을 더하고 있다. 분노나 원망의 옹이는 물론 불가사의한 감정의 응어리도 삭이고 녹여낼 수 있는 해방의 공간이기도 하다. 고독을 외로움으로 풀이하는 것은 단순한 사전적 해석에 불과하다. 고독의 역사는 인간의 역사로서 그 뜻도 당연히 중의적이고 다층적이다. 고독이란 무엇인가? 백과사전을 뒤져도 정확한 정의를 기피하고 있다. 그만큼 난해해서 증세는 있지만 병명이 없다. 그렇다고 고열이나 통증이 있는 것도 아니어서 독고씨가 내릴 수 있는 처방은 당연히 없다. 고독은 인간 정서의 원형으로서 보다 성숙한 인격을 위한 담금질이라고 할 수 있다. 〈정신과 독고 선생의 고독씨 진료기록부〉는 고독 삼화음에 대한 해설이며 답시다. 고독은 인간에게 있어서 태생적 선천적인 신병이다. 누구든 속일 수도 거부할 수도 없이 죽을 때까지 동고동락하는 애증의 관계다. 그것이 곧 내 인생의 고독삼화음이다. 즉 으뜸화음인 외로움, 버금딸림화음의 그리움과 딸림화음인 기다림의 트라이앵글이다. 그것은 인간의 가장 원초적인 감정이다. 비이성적이라고 매도당하면서도 지치고 힘들 때면 느닷없이 찾아와서 나를 보듬고 쓰다듬어 다시 일으켜 세우던 내 오랜 반려자다. 삼화음은 각기 다른 주체로 독립해 있으나 서로 순환하여 간섭하고 소통한다. 무엇보다 서로 간의 갈등과 마찰을 피함으로써 고독사를 예방한다.

고독삼화음이라는 나의 시론은 기상천외한 신종 학설이 아니다. 그러므로 독고선생이 고독씨에게 전염된 것도 결코 이변이라 할 수 없다. 고독삼화음, 병이면 천형이고 약이라면 독약이 아닌 명약 아닐까.

4. 반표 하나 주이소 : 다음 역이 창원 맞지예

"반표 하나 주이소, 다음 역이 구마산 그다음 창원 맞지예."

내 시의 원형은 어머니에 대한 그리움에서 비롯되었다. 그때 국민학교 2·3학년 즈음에 아버지와 어머니는 별거 상태로 어머니는 스스로 친정에 쫓거나 있었다. 나는 어머니를 만

난다는 기쁨으로 방학이 오기를 손꼽아 고대했다. 방학 후 대정에 첫 장이 서는 날이면 나는 양지물에서 자갈길 십 리를 자갈자갈 신나게 달려 대정에 도착했다. 그곳에서 해 질 무렵이면 쌀이나 콩 등의 곡물을 사서 마산으로 운반하는 장차를 빌려 타고 신마산 댓거리에 있는 고모 집으로 갔다. 장차를 운행하는 맘씨 좋은 운전기사를 만나면 짐을 다 꾸린 차의 곡물 위에 얹혀 가는 애걸의 삼만 리 길이었다. 고모 집에서 하얗게 하룻밤을 지새우고 신마산역에서 반표를 사면 나는 콩닥콩닥 새가슴을 안고 신마산 다음은 구마산, 그다음은 창원역을 수없이 묻고 외우며 외갓집으로 간다. 구마산역 다음은 창원역, 그런데 이게 무슨 날벼락인가? 어제부터 시달리고 뜬눈으로 지새운 피로에 나는 깜박 잠이 들어 창원을 지나쳐 캄캄한 터널에서 눈을 떴다. 그때부터 나는 증기기관차의 석탄 먼지와 눈물의 범벅으로 덕산역에 내렸다. 덕산역 출구에서 마주 보이는 덕산지서에 들러 순경 아저씨의 도움으로 버스를 타고 창원으로 온다. "봐라, 차장, 야가 가는 곳이 창원 도계동인데 거기 좀 내려줘라. 도계동 맞제." 나는 그야말로 삼만 리더 먼 길을 돌아 어머니와 만났다. 석탄 얼룩으로 뒤범벅이된 어머니는 나를 끌어안고 한없이 서럽게 울었다. 그때 우리는 까닭을 뒤로 미룬 채 울음으로 묻고 울음으로 답했다. 가슴에 샘물처럼 고인 정한이 꼭지도 없이 쏟아졌다.

'소년 일기'는 그냥 스쳐 가는 에피소드가 아니라 진정한 내

소년기의 서사다. 어떠한 레토릭이나 전략적 요소도 배제했다. 내 인생에서 지금까지 이만큼 놀란 적이 없다. 어린 시절 누구나 하나쯤의 트라우마가 없지 않을 것이다. 한순간의 아픔이 멍이 되어 풀리지 못한 채 옹이가 된다. 좋은 옹이란 없다. '소년 일기'는 네 수로 구성된 현재형 스토리다. 어른들이 만든 애증의 편서풍은 또 다른 미로를 만들고 미아를 방출한다. 창원역 다음은 덕산역이지만 그 중간에 터널이 하나 있다. 내가 깜짝 놀라 잠을 깬 곳이 터널 속이다. 석탄 연기에 눈물범벅이 된 뒷얘기를 나는 차마 쓸 수가 없다. 옹이가 나를 키웠다. 혼자 사는 법과 혼자 자라는 법을 깨달았다. 그것은 참는 것과 기다리는 것이다. 아파도 아무에게도 말하지 않고 혼자 앓는 것이다. 나는 지금도 혼자서 먼산바라기를 하는 습관이 있다. 아마도 그늘을 지우는 것과 무언가를 기다리는 일종의 통증을 씻어내는 버릇에서 비롯되었을 것이다. 아버지는 교사였다. 학력이나 뒷배가 단단했다. 철봉이나 배구 높이뛰기가 빼어났다. 뿐이랴, 색소폰이나 피아노에 춤솜씨가 일품이었다. 훤칠한 키와 인물이 한 시대의 간판스타 뺨칠 정도였다. 그러므로 아버지는 성실한 가장이 될 수 없었다. 한 생애가 전부 스캔들이었다. 나를 지독히도 사랑하셨지만 그럴수록 나는 배신자가 되어 갔다. 중학생 무렵 이미 배반의 싹이 텄다. 어느 처녀 선생님이 아버지에게 성경책을 선물했다. 두 사람은 깊은 불륜관계였다. 그 사실을 간파한 나는 몰래 성경책을 버렸다. 이후부터 나는 아버지가 빨리 늙었으면

하는 고민으로 자랐다. 편서풍은 계절풍이고라고 하지만 아버지는 사계절 바람이었고 한생이 불륜이었다. 불협화음은 화음의 전주곡일 수도 있을 것이다. 그러한 기회는 끝내 오지 않았고 나에게는 이미 반골의 뼈가 형성되었다. 그 뼈는 아버지가 나를 사랑할수록 더 빨리 자라고 있었다. 성장기에 대한 기억의 소환은 언제나 악몽이었다. 나는 그 악몽으로 인하여 소년기에 직관을 꿰뚫고 있었다. 직관이란 반복된 경험 또는 관찰에서 얻어지는 깨달음이다. 그것은 본능적 또는 동물적 육감이지만 과학의 시선보다 빠르고 정확하다. 그러므로 시간과 공간을 동시에 찰나적으로 관통하고 있다. 이의 훌륭한 대가 한 분이 내 어머니시다. 천리안도 없이 멀리 바람에 일렁이는 냄새만 맡고도 애증 관계를 직감하고 현미경이 없어도 심리적인 흐름으로 불륜을 알아낸다. 나 역시 어머니의 후천적 유전으로 직관에 대한 후대의 대가가 되었다.

5. 높고 굳세게 빛나라

40대 초반 나의 모래성은 한 번의 태풍과 홍수에 여지없이 무너졌다. 30대 후반부터 열정과 야망을 불태우며 맨손으로 일군 내 꿈의 전부를 잃었다. 자그마한 공장 2개를 한꺼번에 날렸다. 죽은 자식 불알만지기로 마지막으로 한 번 더 이름을 불러보며 굳이 족보를 밝히자면 정우식품과 현대콘크리트가 그것이다. 어머니의 후일담에 의하면 어느 달이 몹시 밝은 밤에 잠이 깨어 방문을 열었는데 잠자리에 내가 없더라고 했다. 이상한 생각이 들어 공장을 한 바퀴 돌아보니 기계 속에서 내가 울고 있었다고 했다. 어머니는 그런 나를 두고 돌아섰다. 실컷 울어보라고 그랬을 것이다. 그날 아침 진주세무서 소득과의 직원이 나를 찾아왔다. 점심을 살 테니 밥을 먹자고 했다. 그가 말했다. "은행 통장마다 뒤져봤는데, 한 푼도 없습니다. 빼돌린 것도 없고." 완벽한 빈털뱅이고 말하자면 머저리 같은 자식이라는 뜻이었으리라. 그가 헤어지면서 말했다. "부가세과에 부탁했으니 애들이 볼 수 있게 TV에 붙은 딱지는 떼도 될 거요." 고맙다는 말도 없이 그와 헤어졌다. 집에 돌아와서 내가 생각한 말이 있다.

"높고 굳세게 빛나라"

어린 딸 셋의 단잠을 깨워 한 줄로 세운 뒤 나는 주먹을 쥐고 허공을 향해 선창을 했다. 높고 굳세게 빛나라. 지금 생각해도 괜찮은, 내 가슴 깊은 곳에 숨어 있던 한 줄 문장이었는데 아직도 우리 집 거실에 걸려 있다. 비록 딸이긴 해도 가훈으로 물려주고 싶은데 현금보다는 감동이 없는지 그런 요청을 받지 못했다. 나는 딸이 셋이다. 아니, 딸만 셋이다. 전 재산이 그것뿐이다. 첫째는 이 세상에서 제일 예쁘고 둘째는 가장 예쁘고 셋째는 최고로 예쁘다. 높고, 굳세게, 빛나라… 한 토막씩 끊어 나눠 가져도 될 텐데 복권보다 못한지 영 반응이 없다. 손녀들이 가끔 무슨 뜻인지도 모르고 외우는 걸 듣는다. 성공은 사람을 낳고 실패는 인생을 낳는다고 했다. 풍문으로 들은 얘기지만 딸들아, 부디 멀리 보고 높게 빛나거라.

  젊은 날 내가 즐겨 써먹던 말이 있다. 작은 눈이 멀리 본다. 언뜻 들으면 속담이나 잠언처럼 들린다. 조너선 리빙스턴에서 차용한 말이 아니다. 내 신체적 결함을 미화시키는 하나의 속임수가 깃든 메소더였는데, 세상엔 누구도 쉽게 걸려들지 않았다. 그러다 덜컥 덫에 걸려든 눈먼 새 한 마리가 지금의 내 아내다. 가진 것 하나 없지만 그러나 야심은 있다. 뭐 그런 짜가인 줄도 모르고 믿은 것조차 내 죄는 아니리라. 나 역시 달릴 것은 달려있다는 배짱이었으니까. 남녀가 살아가는데 그것 하나면 되지 짐스럽게 장식이 따로 필요하랴. 그것이란 외설스런 장식물이 아니라 스러지면 죽지 않고 일어서는 꿈이요 칼이며 의지를 일컫는 생존 병기의 총칭이었다. 말이 씨가 되어 내 작은 인생의 돛단배는 순탄하지 못했다. 보잘것없는 물결 위에 우여곡절과 파란만장의 연속이었다. 마흔 중반에 들어서자 병고 끝에 장인이 돌아가셨다. 떨거지 신세가 되어 놀고 있었는데 돌아가시기 일주일쯤 전에 내게 딱 한 마디 유언을 하셨다. "내가 자네 눈 하나 보고 막내딸을 줬는데…." 나는 그 말을 잊지 않았고 배반의 길을 걷지 못한다. 유산보다 더 큰 믿음을 보내 준 사람. 사후에 재산을 분배할 때 나는 우리의 몫을 거부하라고 아내에게 일렀다. 그리고 지켰다. 믿음의 말보다 더 크고 값진 것이 있으랴. 장인은 오늘도 내가 볼 수 없는 내 등 뒤에서 처음의 그 믿음으로 바라보실 것이다. 살아오면서 그런 눈빛을 몇 번 더 쬐긴 했지만 공치사가 될까 그친다. 다만 인간관계란 믿어주고 믿게 하는 신의의 소산이다. 그러므로 나의 글쓰기는 인간에 대한 신뢰와 진정성을 생명으로 하고 있다. 시의 생명은 시인이 만드는 것이 아니라 독자가 탄생시킨다고 어느 평론가가 말했다. 웃음이나 감동은 억지로 만들어지지 않는다. 만들어지지 않고 생겨나야 한다. 나는 내가 살고 경험한 것을 담보로 내밀 것이다. 소통은 진심에서 출발하고 감동으로 끝나야 한다. 그것의 가교가 진정성이라 믿는다.

6. 눈으로 말하라 : 두 개의 진실은 없다

한 입으로 두말하기의 으뜸 주자는 누가 뭐래도 정치꾼과 애널리스트가 아닐까. 그들의 생업이다. 미래 예측이 빗나간 탓이겠지만 먹고 살아야 하니까 동정론으로 감싸주자. 그런데 문제는 시도 때도 없이 한 입으로 열 말하는 사람들이 있다. 바로 시인이다. 무림의 고수들이다. 시인은 한 입으로 열 말을 하는 존재다. 물론 그들에게도 핑계는 없지 않다. 말하자면 시적 모호성이라든지 다의적 다층적으로 낯설게 하거나 비틀기라는 그럴듯한 포장을 한다. 작은 것들을 침소봉대하는 과장이 아니라 상상이라는 미명으로 과거 또는 미래까지 가정한다. 진실까지도 역설이라며 뒤엎고 있다. 그렇다고 아무런 법적 제재를 받지도 않는다. 무슨 특권으로 이런 면죄부의 호사를 누리는가. 시인을 줄여 쓰면 신이니까.

두 개의 진실이나 두 개의 정의는 없다. 우리는 한 입으로 동시에 너무 많은 진실을 말한다. 가령, 예, 라는 대답 속엔 예에, 하는 반문이 숨어 있다. 입은 간사하다. 때문에 신은 우리에게 또 하나의 입을 만들어 놓았다. 그것이 바로 눈이다. 눈의 일차적인 기능은 보는 것이다. 그냥 보지만 않고 살핀다. 부차적인 역할이 본 것을 본 대로 말하는 것이다. 응응, 그래, 맞아 하고 입이 맞장구를 칠 때 우리는 그 사람의 진심을 알기 위해 눈빛을 살핀다. 아니야, 그 무슨 말도 안 되는 소리를… 하고 확인하기 위해서다. 눈은 Wifi를 타고 흐른다. 다시 말해 눈이 하는 말을 듣는다. '눈 가리고 아웅 한다'는 속담이 있다. 왜 눈을 가릴까. 상대방이 말하지 않는 눈의 말을 읽기 때문이다. 모든 사람들은 기쁘거나 슬플 때면 눈물을 흘린다. 입으로는 통곡하지만 눈물을 흘리지는 않는다. 우리는 그 눈물을 보고 진심을 느끼고 함께 울기도 한다. 눈물은 눈의 언어다. 인간의 가장 깊고 감동적인 말이 눈물이다. 눈물이 사랑의 씨앗이 된 것을 흔하게 듣고 보았다. 눈물이 하는 말을 눈의 씨앗으로 믿고 헛디딘 발걸음조차 얼마나 아름다운 눈의 말이냐.

시를 쓰기 이전의 나는 한 입으로 한 말만 하고 그것을 진리로 알았다. 그러나 시론을 알고부터 비틀거리기 시작했다. 비유나 상징이란 말 앞에 소심해졌고 역설법을 깨달으며 남을 비아냥거렸다. 아리스토텔레스는 순진하다. 데리다나 라

캉은 위선이다. 일구이언은 이부지자라 했는데, 나는 왜 한 입으로 두말을 하는가. 내 아버지는 정말 둘인가. 이것은 나에 대한 정체성의 문제였다. 그러면서 점점 더 거짓의 늪으로 빠져들고 있었다. 어떻게 하면 더 찬란한 거짓말로 속일 수 있을까? 한두 편 속임수에 뜻을 이루자 나는 점차 거짓의 중독성에 매료되었다. 거짓은 또 다른 거짓을 낳은 속성을 가지고 있다. "대체로 만물은 평정을 얻지 못하면 소리를 낸다(大凡物不得其平 則鳴)"고 했다. 이것이 내가 말하는 거짓의 미학이다. 위악엔 속말이 있고 위선엔 겉말이 있다.

　　눈으로 듣고 코로 보고 귀로 말하니 마음이 텅 비어 한량없는 신통 나투시네(眼廳鼻視耳能語/無盡藏中色是空)

　　해남 가는 길에 미황사 응진당에 들러 그동안 귀동냥으로 듣던 시론을 내 눈으로 확인하는 순간이었다. 그곳 기둥에 새겨진 주련시를 눈으로 듣지 못해 두 번째 갔을 때에야 귀로 하는 말을 겨우 엿들었다. 눈으로 듣고 코로 보고 귀로 말하라, '이뭣고'를 깨닫는 순간이었다. 그야말로 역설의 절정이 아닐 수 없다. 땅속에 묻힌 내 언어들이 피가 돌고 날개가 생길 것 같았다. 삶의 뻘밭에서 캔 언어들이 숨이 덜 죽어 거칠고 정제되지 못해 메타피직한 세계를 떠돌고 있었던 것이 사실이다. 맨눈으로 보던 대상을 심안으로 비추어야 보이지 않는 눈이 보이는 눈이 된다고 했다. 보이는 눈으로는 선택된 사물의

외경을 알 뿐이지만 보이지 않는 눈은 감각적 기능은 물론 선험적 사유의 성찰을 도모한다. 대상을 관찰하지 말고 경험하고 통찰하고 동화하라, 그래야만 네 것으로 만들 수 있다. 그래야만 뉘에서 쌀을 고를 수 있다. 나는 그런 죽비를 맞고 돌아섰다.

나의 창작 행위는 나를 속이고 정직하게 보이기 위한 하나의 위장 전술이다. 누가 과연 이것은 이것이고 저것은 저것이라 말할 수 있는가. 우리는 언제나 무의식 속에 두 개의 명제를 안고 살아간다. 왼발에는 '나는 누구인가'라는 물음과 오른발에는 '나는 어디로 가는가' 하는 불안을 신고 먼 길을 가고 있다. 이것은 인간의 원초적인 문제다. 어떤 종교나 철학도 해결할 수 없는 인간의 영원한 멍에다. 나의 시쓰기 역시 궁극적으로 나를 찾아 떠나는 여정이다. 건방지게도 입신불와立身不臥라 이름 지었다. 나는 쉼 없이 걸어가고 있기 때문이다. 사람은 걷지 않으면 죽는다. 그야말로 무시무종無始無終의 미로다. 우리는 살기 위해, 살아남기 위해서라면 이 끝없는 행로를 맨발로라도 걸어가야 한다.

다시 생각하면, 모더니즘 시대의 캐치프레이즈를 차용해서라도 우리는 맨발로 걸어야 한다. 그것을 압축하면 '새롭게 하라, 놀라게 하라, 자유롭게 하라'였다. 샤를 보들레르가 "문인은 세상의 적이다"라고 선포한 것도 이의 가치를 높이 든 것에 불과하다. 현대시조 백 년 즈음의 역사에 시조의 아방가르

드(avant-garde)를 뜨겁게 논할 필요가 있다. 시조는 얼의 문학이다. 시에 빌붙지 않고 퍼스트무버의 장르로 앞서갈 시대적 소명이 있다. 이미 칠백 년의 토양에 뿌리박은 역사의식과 정신이야말로 우리의 유산이 되고도 남는다. 변화를 기다리지 말고 스스로 먼저 변하는 것이 퍼스트무버다. 이 땅에 민족시와 민중시가 있다면 시조가 앞장서 길잡이가 되어야 했다. 그러나 후회도 나무라지도 말자. 다만 우리의 산하에 있는 풀뿌리를 캐고 서정의 금광을 발견하여 채굴해야 한다. 현재까지 진행되고 이어갈 형식적 실험들은 전혀 놀랍지 않으면서 전혀 새로운 것으로 과대평가 되고 있다. 이를테면 수평적 글쓰기의 단조로움에서 수직적 양식으로 이동시켰을 뿐 새로운 자유로움이나 혁신이라고 말할 수는 없다. 오히려 필연적 한계상황이거나 자연발생적이라고 해야 마땅하다. 뭉크나 고흐의 독창적인 기법도 세기를 훨씬 지난 예술의 혼령으로 이미 경험하고 실천한 것을 우리는 너무 늦게 깨닫지 못하고 있다. 형식의 의미를 창조하는 데는 한계가 있다. 그것이 일정 수준의 의미 변화를 담보할 수는 있으나 에즈라 파운드나 세르게이 댜길레프의 슬로건에 부합하지는 않는다. 죽어서 다시 살아나는 각오 없이 사고의 혁신과 매너리즘의 인습을 벗어나가란 요원한 일이다. 새로운 것은 없다. 주어진 무엇을 어떻게 말할 것인지가 내일을 밀고 갈 오늘의 명제다. 우리는 입을 닫고 눈으로 들어야 한다. 코로 보고 귀로 말해야 한다. 그것을 응진당 세 번째 주련에서 보았다. 다행히 우

114

리에겐 숨겨진 병기가 하나 있다. 시인은 사전에 없는 말을 만들 수 있는 특권이 있다. 동시에 그것은 책임이다. 애초에 말은 없었다. 새로운 상상이 있다면 새로운 심상의 언어도 태어나야 한다. 언어는 시대의 산물이다. 처음의 말도 필요로 만들어진 것이다. 무엇보다 의성어 의태어가 그렇다. 요즘 SNS의 새 언어가 신조어 또는 합성어가 수없이 태어나고 사라진다. 오래도록 사장된 아름다운 우리말이 다시 태어나는 것은 당연하다. 1+1=0이 아니라 1+1=∝ 즉 무한의 세계다. 새로운 시론이 아니라 새로운 언어의 시대다. AI시대가 도래해도 시는 죽지 않는다.

눈으로 말하라. 그리고 눈으로 들어라. 눈은 진실을 말한다. 눈을 보고하는 말과 눈을 보며 듣는 말은 거짓말을 할 수 없다. 눈은 흉중을 헤아릴 수 있는 마음의 창이다. "눈으로 말하라" 이 한 문장은 시조의 뉴노멀시대를 표명한다. 날과 뼈를 갈고 틀을 다양화하는 시조의 리셋을 실천하여 끊임없는 변화와 혁신을 꽤해야 한다. '눈을 감다'는 생명을 거둔다는 다른 의미다. '눈트다'는 말엔 생명의 싹이 새로 돋음을 말한다. 사물을 보고 분별하는 힘을 안목이라 한다. 우주의 진리를 통찰하는 안식을 혜안이라 말한다. 특히나 눈에 없다는 말은 마음에 없다는 말과 상통한다. 눈은 단순한 창이 아니라 정신을 밝히는 빛이다. 사람보다 동물이나 곤충이 더 발달한 눈을 가졌다고 한다. 더 멀리 깊게 보고 싶다.

아무것도 아닌 것들의

초판 1쇄 인쇄일 · 2020년 07월 10일
초판 1쇄 발행일 · 2020년 07월 20일

지은이 | 최영효
펴낸이 | 노정자
펴낸곳 | 도서출판 고요아침
편　집 | 정숙희 김남규

출판 등록 2002년 8월 1일 제1-3094호
03678 서울시 서대문구 증가로 29길 12-27, 102호
전화 | 302-3194~5
팩스 | 302-3198
E-mail | goyoachim@hanmail.net
홈페이지 | www.goyoachim.net

ISBN 979-11-90487-32-0(03810)